KB134320

우주 한 분이 하얗게 걸리셨어요

정진규 시집

시인의 말

얼음 담금질이여,

새벽 겨울 방죽으로 갔다 꽁꽁 얼어 있었다

만당滿塘으로 연꽃 그토록 채우더니

소름 꼭지까지 가득가득 식어 있는 물의 금강金剛이여,

어제는 눈 내린 겨울 솔숲으로 갔었다

저를 차곡차곡 쟁이고 있는 냉기,

싸아한 금강이여,

태胎를 끊던 그 순간도

금강으로 그렇게 식지 않았던가,

벼락이여, 첫 번째 이별이여

을미년 2015년 새봄

석가헌에서 정진규

차례

1부

2부

3부

□ 한 연이 첫 번째 행에서 시작될 때는 〉로 표시합니다.

1부

그림자놀이 1

왼쪽 눈이 고장 나기 시작하더니 오른쪽 눈이 턱없이 밝아지기 시작했다 관음觀音 안경을 갈아 끼웠다 새로운 보행을 시작한 징조다 내 두 손은 민첩해졌다 그림자놀이를 시작했다 그림자놀이 천수千手를 두 개의 벽에 비추기 시작했다 두 개의 벽을 설치해놓았다 동영상이다 장차 천 개의 손들이 기대된다 이승의 벽과 저승의 벽을 내왕하기 시작했다 오른쪽 눈이 이승과 저승을 열었다 비로소 회사후소繪事後素다 우주 한 분이 하얗게 걸리셨어요

그림자놀이 2

한 곳에 잘 버려지도록 내 주검의 몸은 염殮되어 있을까 염되어 있어도 뿔뿔이 흩어져 갈 곳이 따로 있을까 부위별 분리수거되어 부산 떨며 갈 곳으로 떠나고 있을까 내 천수千手는 그걸 찾고 있다 사는 동안 실로 갑갑했다 조립되어 조여져 있었다 조여져 있는 힘, 튀어나가는 그 힘, 내장되어 있었다 죽어서도 조여져 있는 힘, 질 좋은 수의壽衣 일습一襲, 좋은 힘 생긴다는 그 윤달에 쟁여두었다가 정장으로 차려입으시고 저승길 점잖게 떠나셔서 잘 당도하셔서 잘 살고 계신 아버지, 아버지의 몸들도 실은 뿔뿔이 흩어져 지금 각자 제 나라에 당도해 계실까 염했으니까 망정이지 당도하기도 전에 흩어져 각자 흔적도 없어지는 고초를 겪지는 않으셨을까 서둘러 새벽에 일어나 둘러보는 아버지의 봉분이 아무래도 수상하다 내 시의 봉분들이여, 시도 혼자 몸으로 내 양성陽性만으로도 주렁주렁 분리수거되어 한 사과밭쯤 되었으면 싶다 죽어서도 조여져 있는 힘, 튀어나가는 힘, 내장되어 있었다 실은 내 분해의 천수, 쟁여 있었다

그림자놀이 3

안성에 와서 '터무늬'가 읽혔어요 터무니없다가 아니어요 터무니없다는 맞춤법이 틀렸어요 내 나이 일흔이 넘어버려서야 맞춤법을, 문리를 터득했어요 터가 제대로 잡힌 집 한 채 지니게 되었어요 여인네 하나 들어앉혔어요 터는 무덤이지요 묘지기가 소임이 되자 '터무늬'가 보였어요 봉분이 보였어요 살 만큼 살아냈다는 뜻이겠지요 터무니없다는 맞춤법이 틀렸어요

그림자놀이 4

직후 일단 언 송장으로 있다가 땅속에 묻히게 될 것이다 맨몸 언 송장을 더 원한다 살 닿고 싶다 불은 싫다 얼음 봉분 하나 요행 지어놓았다 그간 살펴보니 미이라를 원하는 것이 내 마음의 정체正體였다 그간 시베리아에 혼자서 다녀왔다 좋은 얼음 만나고 왔다

그림자놀이 5

시, 무슨 뜻인지는 알 수 없어도 시 자체가 이야기시켜주기를 바란다 음악은 가능하지 않은가 음악을 이해는 못해도 듣고 있으면 무엇이 들리지 않는가 들리는 음악으로 쓰인 나의 시 한 편, 가슴에 와 닿고 있다고 쓴 편지 한 통 받고 싶다 비 내리는 십일월 마지막 날 밤

그림자놀이 6

인사동, 내게는 닫혀 있던 통문관通文館도 혼자서 문이 열린다 그곳 훈민정음해례본訓民正音解例本 원본이 혼자서 펼쳐진다 이겸로李謙魯* 선생이 수도약국에 활명수 잡수시러 오신 지도 벌써 다섯 해가 넘었고 내가 현대시학現代詩學 통권 500권을 넘기고 스물다섯 해 인사동을 떠나던 날 이모집 석쇠 불고기에 소주를 마시던 그날도, 천상병 시인이 귀천歸天을 들르지도 않은 채 저승에서 위문 차 이리로 직행하던 그날도 1년이 넘었다 천상병 시인이 야단법석을 떨었으나 아무 일 없었다 내가 오래 묵은 인사동이 되어 생가 안성에 와 있다 현대시학 통권 500권이 한 채 소나무 집 율려정사가 되어 있다 율려정사律呂精舍 현판을 내어 걸었다 그날 이후 묵은 집이 되어 있다 인사동이 되어 있다 사람들이 인사동을 보러 온다 새로 심은 침우당枕雨堂** 파초 두 그루와 옮겨 심은 산수유***를 보러 온다

* 해방 직후 인사동에 고서점 통문관을 열었다.
** 조지훈趙芝熏 선생 당호.
*** 서울 집 마당에서 30년을 키웠다.

그림자놀이 7

사랑은 살 대패질이다 밀리는 살의 살 대팻밥 너와 나의 쌓이는 대팻밥 뼈까지 갈 작정이다 선명해지는 살결, 환해지는 뼈마디에 뭐라고 쓰고 싶다

그림자놀이 8

다행이다 아직은 하늘이 펼쳐져 있고 새들이 날고 있는 마을 장차 거기 묻힐 수 있으니 새들이시여, 그릇으로 잡수시던 분들보다 큰 그릇을 지니시었도다 다행이다 아직은 저 멀리 또한 바다가 출렁거리고 있고 땅을 연방 씻어내고 계시며 물고기 비늘들이 번득이고 있으시니 장차 거기 묻힐 수 있도다 물고기들이시여, 죽어서도 그릇으로 잡수시는 분들보다 큰 그릇을 지니시었도다 벌들이 오지 않는 과수원 사람들이 마지막으로 하얗게 꽃들에게 떼거리로 수정할 때가 그래도 아름다웠다 삐뚤 사과를 궤짝에 담아 과수원째 트럭에 가득 싣고 어디로 떠난 비어 있는 마을 그릇으로 잡수시던 분들의 마을 그릇들이 찬장 속에서도 슬픈 고요로 엎어져 있는 마을

그림자놀이 9

문자文字가 비추어집니다 응답應答이 돋습니다 도돌도돌 합니다 손으로 읽는 점자點字입니다 불립문자不立文字 불리문자不離文字 만해萬海의 문자가 돋습니다 저렇게 착하실 수가 없어요 좋은 얼굴입니다 통문관 이겸로 선생의 아흔 살 얼굴이 뜹니다 마음이 받아 적습니다 소리가 동시녹음됩니다 마음이 소리 내어 읽습니다 우리 마을 이장이 방송합니다 오늘은 분리수거하는 날이랍니다 응당 무슨 소린지 모르겠다 하실 것입니다 잠꼬대라 하실 것입니다 보체초등학교 아이들이 자글자글 떠드는 소리가 들립니다 한 그루 나의 느티께서 거기 가득 서 계십니다

초록 금강이시여 얼음 금강이시여 겨울 응답이시여 명적의 충만이시여 초록 우듬지의 생명 곡선이시여 지혜의 응답이시여 마침내 초록 함성이시여 마침내 초록 우주 이불이시여 음예陰翳시여

또 한 번 보체초등학교 아이들이 자글자글 떠들며 달려갔습니다

가을행行 1

—하늘 비알

건드려보니 마른 매발톱[*] 꽃집 속에서 아득히 흔들리는 새까만 꽃씨 소리 여문 것들의 소리가 아찔하다 깊고 깊구나 우주가 가득 들어차 있구나 매 한 마리 내리꽂히는 하늘 비알, 직선이 아득히 지워지고 있다

[*] 이른 봄부터 한여름까지 피는 매 발톱 모양의 분홍 꽃.

가을행行 2

—귀품

깔끔하게 이파리로 지워 열매로 돋을 상감象嵌한 감나무
하늘, 그만한 귀품이 없다

가을행行 3

—낙관

비 오는 저녁 가을 느티, 가장 분주한 나뭇잎 우주 낙관

가을행行 4
—천문학 콘서트

강화도 갔다 퇴모산 별들이 맑다 천문학 콘서트가 한창이다 성성적적惺惺寂寂이라고 쓴다

가을행行 5

—번지미* 색깔

번지미 색깔이 도처에서 얼굴 내민다 스멀거린다 밤새워 받아 적었다 익일특급으로 보낸다 가을 문자文字 받아보기 바란다

* '번짐'의 사투리.

가을행行 6
—도지다

세상 물정 모르고 도지는 가을 산수유 붉다 발치에 맨드라미도 덩달아 붉다 김장 열무 뽑아 헹구고 있는 아내의 맨손 시리게 붉다

가을행行 7

—호야

빌미잡혀 남은 인생 어둡게 잘못 켜지면 어떡하지 남폿불 조심스럽게 불붙이는 저녁 호오 호야에 입김 넣는다 아직 쓸 만하구나 어디 가서 저만한 물건을 고르랴 마누라여

가을행行 8
—깻잎 향기

아침 텃밭 이슬 젖은 깻잎, 따가지고 들어서는 아내의 손,
옆에 다가가 슬몃 잡아본다 촉촉하다 열리는 길이 보인다
깻잎의 향기로

가을행行 9
—들어서다

상강霜降날 되어서야 실하다 들깨 열매가 들어섰다 신통하다 우수수 떨어진다 텃밭 들깨 터는 며느리, 신통하다 상강날 되어서야 애가 들어섰다

가을행行 10
—신격神格

내가 심은 우리 집 마당의 나무들은 온통 모방이다 인격적人格的이다 움직여본 적이 없는 나무래야 신격神格이 열린다 들어서는 가을이 다르다

가을행行 11
—뭇국

가을무는 인삼이다 엇빗어* 끓인 뭇국이 맛이 들었다 시
원타

* '비스듬히 저미다'의 사투리.

가을행行 12
—우듬지들

들판의 꽃, 풀, 나무, 제일 서열은 언제나 꽃이 되는 까닭이 수상하다 바로 그 꽃이 되는 것도 그러하다 스멀거린다 번진다 대여大餘* 선생의 통영 앞바다는 더욱 번져 푸르다 또한 저 푸른 우듬지들의 우주 곡선들이 밑줄 그어놓은 자리, 그 색깔들 영롱하게 서로 다른 그곳, 그곳에 가시느라고 이다지 총동원되시었다 해마다 이런 시간 상면하는 사람이다 우리는, 대단한 사람들이다

* 김춘수 시인의 아호.

2부

규칙위반

자네는 오른손이 무사하지 않고 나는 왼쪽 눈이 무사하지 않다 자네는 오른손이 사시나무 떨듯 떨려 언제나 소주잔을 정확히 엎지르고 나는 왼쪽 눈이 뿌옇게 안개가 끼어 새벽 산책길 좌측통행이 정확히 우측통행이 되고 있다 규칙위반이다 무섭구나 업이여 이 한쪽씩의 규칙위반이 우리는 불안하지 않다 이 한쪽씩의 무너진 개성에 대하여 새벽마다 감사드리고 있다 하나씩 새 세상 열게 되었으니 합해서 또 하나씩 열게 되었으니 아득한 저 구석에서 네 오른손처럼 사실은 솔직한 새 몸 하나씩이 사시나무 떨듯 떨고 있는 게 보인다 가련타 무사하지 못한 오른손과 무사하지 못한 왼쪽 눈이여

연꽃 피었다

찬탄을 두려워하라 함부로 곁에 가는 것이 아니다 연꽃들을 두려워하라 빠진다 그 곁에서 네가 지워지고 있는 순서를 읽을 줄 알아야 하리 절대의 그늘을 두려워하라 나의 자존은 비겁하다 나는 나의 하얀 여백을 견디지 못한다

편도便道에 대하여

칼을 잡았으니 칼자루를 굳게 잡아야 마땅하다고 한다면 자루에 힘을 주고 있다면 그건 벌써 항복으로 나아가고 있는 시작이다 칼을 잡은 게 아니라 칼자루를 더욱 잡은 것일 뿐이니까 그건 심검尋劍이 아니다 시가 아니다 애매모호함을 배가해놓은 게 눈에 띄게 보인다면 그런 시라면 그건 벌써 애매모호함의 수확을 포기하고 있음이 확실하며 애매를 운용하는 게 아니라 애매가 되어 있는 자체일 뿐이다 시가 아니다 첫 행行부터 가속으로 날아올라 허공의 높이를 지워버리기 시작하였다면 길을 버렸구나 그건 벌써 힘 빠진 추락의 실행일 뿐이다 편도便道는 길이 아니다 그건 시가 아니다

응답

꽃들이 입 열고 입 닫는 우주 응답, 그 순서만큼 정확한 것이 없다 정갈한 것이 없다 꽃들의 일출日出과 일몰日沒, 햇빛과의 입맞춤 그런 입맞춤, 꽃들의 입맞춤 방식으론 너의 사랑을 훔칠 자신이 내게는 없다 내 사랑의 운영 방식은 예측할 길이 없다 향기의 용량 또한 택도 없다* 네가 이미 네 살로 미어지게 터득하지 않았더냐 내 황홀은 하루 종일 어수선하다 그게 나의 방식이다 그런 방식으로 연못을 찾아 나섰다가는 연꽃의 개화를 한 송이도 볼 수가 없다 알겠구나 나 여적지** 너를 한 송이도 보지 못하였다

* '턱도 없다'의 안성 사투리.
** '지금까지'의 안성 사투리.

가장자리

상처는 가장자리가 더 아프다*는 박경자의 말은 실로 옳다 연꽃들은 수런거리며 가장자리로부터 온다 꽃 핀다 꽃은 상처다 여항閭巷이라는 말이 있다 가장자리 마을이다 자기 밥그릇도 없는 여염閭閻집 여자의 남루를 나는 또한 안다 상처는 꽃이다 이런 꽃을 아느냐

* 박경자 시인의 「염색—번짐에 대하여」 중에서.

젖꼭지

엄마아, 부르고 나니 다른 말은 다 잊었다 소리는 물론 글씨도 쓸 수가 없다 엄마아, 가장 둥근 절대여, 엄마아만 남았다 내 엉덩이 파아란 몽고반으로 남았다 에밀레여, 제 슬픔 스스로 꼭지 물려 달래고 있는 범종의 유두乳頭로 남았다 소리의 유두가 보였다 배가 고팠다 엄마아

예禮

침우당 파초잎 후두기는 빗소리 들으려고 파초 두 그루 심어놓고 여름내 기다렸다 비가 내린다 잠시 석가헌夕佳軒 현판을 내려 방 안에 들여놓는다

연못에서

된가뭄이 마침내 저를 접었다 많이 참았다 그의 귀도 이젠 트이려나 이종만 시인이 귀가 들리지 않는다는데 그만 귀가 먹었다는데 염치없구나 나 혼자 이 소리를 들어야 하나 열리는 소리들, 연잎에 비 듣는 소리, 소리들의 초록 쟁반, 공수拱手로 떠받든 은구슬들 구르는 소리, 방죽 가득 연꽃 피우는 소리, 한꺼번에 한참 들었다 실은 귀가 트여야 할 목마른 사람 또 하나 내게 있구나 실로 염치가 없구나

은신처의 밤

시랑이 곤궁해진 내 은신처의 밤, 마루 밑 내 연장통의 연장들은 녹슬어가고 있다 어디 일하러 갈 곳이 없다 노숙하고 있다 반쯤은 고장 난 사용불가의 것들이다 찾지 마시라 당당했던 내 은빛 몽키스패너도 이미 오래전에 실종 신고를 스스로 냈다

날이 밝으면 내가 더욱 보이지 않는다 나를 지운다 오후 세시의 갈증이 비를 부르고 몇 개 남은 삶은 감자를 목메이게 먹으며 공책에 내가 베끼는 어휘들은 계속 어눌하다 반쯤은 내게도 송신되지 않는다 해독되지 않는다 땅거미 질 때까지 남은 시간을 지울 연장이 없다 무작정으로 은신 중이다

그나마 다시 밤이 오면 내 은신처의 밤은 은신처다워진다 노숙인다워진다 보이지 않는 내가 보인다 은신의 내가 보인다 밤하늘의 별들이 보인다 은신들이 반짝거린다 내 은신처의 밤에 빛나는 별들아, 송구하다 너희들이 내 고장 난 연장들이다 밤하늘의 노숙인들이다 성성적적惺惺寂寂이시다

순산順産

초록 함성 첫 빗장이 열릴 때 맺히는 가장 충실한 살 이슬이 있다 항렬을 분별하는 첫 이슬의 맺힘이 있다 비쳤다고 한다 우주의 빛이기 때문이다 새 별 태어날 때 잡초들의 끝에 내리는 이슬의 몸이 가장 충실하다 잡초들은 제 몸으로 제 몸의 까만 씨앗을 뿌린다 종순從順을 알기 때문이다 그걸 보려고 올해는 모종을 내지 않고 파종播種을 했다 씨앗을 뿌렸다

상량문上樑文

내가 새 장가를 가는 날 같으니 당신도 새 시집을 가는 날 같아야 궁합宮合이 맞질 않는가 동짓달 그믐부터 새해 아침 오늘까지 집수리를 했다 창고를 소나무 벽면으로 바꾸고 마루를 깔고 천장도 나무로 올리고 책장과 수납장을 짜서 들이고 샹들리에 전등도 화안하게 달았다 문짝도, 내 몸과 마음이 드나드는 문짝도 새로 짜서 나를 제금* 냈다 나를 드나드는 문짝의 경첩을 새로 달았다 새살림을 시작했다 그렇다고 맞다고 당신도 손뼉 치며 웃어주고 반지 하나 해달라고 플라스틱 반지라도 괜찮다고 떼를 쓰니 참 궁합 좋은 날 아닌가 햇빛도 밝은 이 겨울날, 앞으론 오늘만 같으시라 내일 아침 일어나보면 서설瑞雪이 하얗게 내려 있을 거다 일흔이 훨씬 넘어 새살림을 차렸으니 이 아침 한 시루 팥떡을 또한 찌지 않을 수 없다 나의, 내 몸의 대들보, 등뼈의 상량문上樑文을 짓지 않을 수 없다 절하고 나서 동네방네 시루떡을 돌리리라 동네 사람들 모두 들으쇼! 우리들 새 장가 새 시집 갔답니다 우리를 제금 냈답니다 새 경첩을 갈아 달았어요 일흔이 훨씬 넘어

* '딴살림'의 사투리.

건달의 시

선산先山과 느티와 연못을 배알하는 문후 여쭙는 나의 말씀들이 날로 달라지고 있다 그게 나의 말씀인 줄로만 알았더니 선산과 느티와 연못이 내게 새록새록 내어주시는 말씀의 손길들이었다 나는 그저 건달일 뿐이었다 다만 한 소식씩 듣는 나의 귀와 나의 눈이 그 문향聞香을 겨우 받아 적어왔었던 거였다 오늘 새벽 선산 성묫길에선 꽃 핀 배롱나무에도 제비꽃들에게도 절하라는 말씀을 들었고 하산길에 뵈온 동산 느티의 초록 우듬지에선 가득 펼치기 시작하는 새봄 점잖으신 금강金剛의 초록 함성을 들었다 연못으로 내려가는 길엔 연못 물안개가 몸을 한다는 걸 처음 알았다 키를 세워 허공 가득 몸을 흔드는 것을 보았다 연못 당도하여선 도톰하신 첫 꽃봉의 분홍이 허공의 빗장을 여시는 손을 보았다 감히 그 손을 아득히 만지었다 나는 언제까지 선산 묘지기요 느티 초록 함성지기요 허공 빗장 여시는 연꽃 꽃봉지기 건달일 수 있을까 귀청 밝고 눈 밝고 손 빠른 건달일 수 있을까

빛으로 두들겨 패서

보이는 세상이 보아내지 못하던 안 보이는 세상을 내가 보아내게 되었다 안 보이는 세상에서도 자꾸 보이는 세상의 시가 보인다면 이건 틀린 시가 아니겠는가 틀린 세상이 아니겠는가 안 보이는 세상의 시가 보여야 마땅하다 그런 눈을 지니게 되었다 안 보이는 세상의 눈을 뜨려고 나는 요즈음 빛으로 두들겨 패서 새 빛을 깨어나게 하고 있다 세상에 얻어맞아 멍든 내 눈 빛이니 빛으로 풀어내야 한다고 했다 두들겨 패서 멍 풀고 있다 명적鳴鏑의 작살이 자욱하게 꽂히고 있다 이 고맙고 아름다운 폭력이여! 레이저여! 점성술가占星術家에게 찾아가 그 정체를 물었더니 그게 별빛의 원리라 하였다 별빛 자양은 칠야를 빠듯이 통과한 빛의 태胎라 하였다 슬플 것 없구나 나는 지금 별빛을 만들고 있으니, 빛으로 두들겨 패서 방짜를 만들고 있으니, 안 보이는 세상의 시를 만들고 있으니

거처몸살

나는 두 그루의 산수유와 동거同居하고 있다 한 그루는 수유리에서 30년 동거했으며, 한 그루는 이곳 보체리에서 6년째 동거하고 있다 새 산수유가 아니라 이곳 보체리로 내가 거처를 옮기면서 모시고 온 수유리 30 산수유, 그게 보체리 산수유다 3년 동안 호되게 몸살을 앓고 보체리 산수유로 이제 겨우 자리 잡았다 나도 함께 몸살을 호되게 앓아주었다 '거처몸살'이라 이름 지었다 수유리와 보체리가 이제 겨우 한몸이 되었다 고백하거니와 내게는 10년도 더 된 거처몸살이 또 하나 있다 한 사람으로부터 떠나야 했던 내 거처몸살, 산수유만큼 사람 몸살은, 사랑 몸살은 자리건이가 쉽지 않다 그늘 무덤이 날로 깊어지고 있다 산수유 한 그루 내 몸살을 눈물겹게 쓸어주고 있다 고맙다 다닥다닥 노랗게 조춘肇春으로 터져서!

지네발 대비론

웬일로 우리 집 곳간이 지네들 서식처가 되었다 지네와 지네발은 그대로 한몸이 된다 시의 발은 '의' 소유격이 붙어야 자연스러우나 한몸이 되는 것은 아니다 틈이 생성되는 자연스러움이다 여기서 대비론이 시작된다 이걸 넘어서고자 나는 시를 쓰고 있는 게 틀림이 없다 그 '틈'을 읽고자 여적지 시를 써왔던 것이 사실이다 나의 시는 그 틈들이거나 그 설레임이라고 나는 말할 수 있다 지네발과 나의 시의 발이 대비되는 제일 생성론이다 지네는 발로만으로도 살 수 있으며 시는 발로만 생성되지 않는다 내 시의 발의 정체는 거기까지 가지 못해 혹은 스스로 가기를 멈춰 영혼이 깊어진 언령言靈도 있다 발의 운용이 다르다 지네의 발은 거기 당도해야 먹을 수가 있고 먹어야 산다 지네의 발이 하는 일은 이것 말고는 없다 아, 그러나 있는 걸 발견했다 지네의 발은 완전한 조형이다 수많은 크기가 똑같다 그것도 설레임이다 그만한 발이 어디 있는가 발견이다 그런 유사 조형이 다른 발에는 없다 어디에도 없다

개가 불탄 자리

개를 때려잡아 불태운 자리가 분명한, 그렇게 일 치루고 떳떳하게 떠난 자리가 분명한 이 자리를 내가 이토록 떠나지 못하고 서성대는 이유에 대하여 살생을 괴로워하는 게 분명한 것인가에 대하여 가마솥에 부글거리는 팟단들과 함께 넘쳐나는 식욕의 그 때려잡음의 붉은 살의 현장에 대하여, 그 규명의 충동에 대하여 끝내지 못함에 대하여 불탄 자리여, 결국은 그대를 사모하는 것으로 종료한다 죽음을 식욕으로 종료한다 시체를 생산으로 정의한다 그러지 않고서는 통과가 불가하다 이곳 마을 사람들은 맛있게 통과하는 법을 습관과 풍속으로 정의해왔다 나도 그 법에 순응하기 시작하였다 오래되어간다 이것 말고도 사람 사는 법에 죽음의 법이 또 있는 것을 안다 오늘도 수의로 맨살 입혀져 시체가 생산되는 것을 여러 구 보았다 오, 죽음을 사모할 수밖에 없다 나의 시여

한일병원으로 간다

아침에 일어나 아픈 곳이 없으면 나는 나를 의심한다 지난 저녁 나의 사랑을 의심한다 지난밤 써놓은 내 시가 믿어지지 않는다 일을 빼근하게 끝낸 뒤라야 개운하다 몸이 풀리는 아픔이 온다 개운한 몸살이 온다 이후 아프지 않다는 말을 의사 앞에서 나는 쓴 적이 없고 아프지 않으면 내가 섭섭하다 실직을 한 것 같다 내가 의사의 문진에 몸이 많이 좋아졌다고 답하는 것은 예의가 아니라는 것도 알게 되었다 그때 그는 서운해하는 것이 사실이다 자꾸 묻는다 내 몸에서 할 일을 찾는다 나는 갈 곳이 있다 나는 오늘도 한일병원으로 간다 내가 몸시詩를 쓰기 시작한 17년 전부터 나는 한일병원으로 갔다 17년 전부터 나는 나를 의심하지 않았다

염殮

병이 깊다 전략戰略일 정도다 병법兵法일 정도다 전집全集에 이르렀다 종합예술이다 무엇에나 적용이 가능하다 특히 경영전략으로 으뜸이다 대여마저 해드리고 있다 상담마저 해드리고 있다 다행이다 이것마저 없었으면 어쩔 뻔했나 나의 노후대책이다 나의 투병은 몸 투쟁이 아니라 마음 전쟁에 이골이 나 있다 쉽게 말하자 마음으로 다스리고 있다 마음경영이다 산 채로 염殮*까지도 가능하다 내 몸을 죽음으로 헹구어낸다 극약의 극약처방이다 순조로웠다 마음이 허락하지 않는 날은 길을 내지 않는 것이 나의 노후대책이다 마음먹은 바대로 따라야 어긋남이 없는 몸, 염하는 걸 본 적이 있으신지 묶어서 풀어놓는 것이 염이다 묶어서 열어놓는 것이 염이다 묶어서 흐르게 하는 것이 염이다 율律이 태어난다 여呂가 태어난다 끈이다 탯줄이다 다시 태어난 몸을 묶어드렸다 땅으로 다시 다져 묶어드렸다 풀어드렸다 어머니, 완전한 노후대책으로 거기 편히 계시다

* 심보선 시인의 「의문들」 중에서.

3부

연꽃 피는 날

저마다 제 주인 한 분씩을 모시고 있는 꽃들이 있다 보체리 연못 연꽃 필 때 와보시면 그분들의 환영을 받으실 수 있다 화안해지실 수 있다 가득한 부처님들이시다 거기 오신 분들 벌써 저마다의 꽃, 저마다의 부처님을 배알하시느라고 눈이 한껏 밝아지고 있으시다 분주하시다 연화대로 꽃 피시고 있다 아무래도 말을 못 참겠다 이 연못은 내가 파고 내가 심어 가꾼 연못이다 얼마나 자랑스러운가 물론 내 연꽃 내 부처님은 저 모서리에 아득히 숨어 계시다

누락에 대하여

제 겨울 제가 견뎌내려고 지난겨울 내내 우리 집 한 그루 감나무가 잊고 있었던 제가 누락시키고 있었던 첫 대목이 이제야 눈에 보인다 잎 핀다 내가 보는 게 아니라 감나무 제가 내보인다 한 포기 냉이꽃이 잊고 있었던 제가 누락시키고 있었던 첫 대목도 벌써부터 내보였다 냉이꽃 핀다 내가 보는 게 아니라 제가 탄로시킨다 이 봄에도 네게서 누락된 번외番外인 나는 싹틀 줄 모른다 아직도 너는 겨울을 견디고 있느냐 차라리 삭제를 기다리랴 내 아득한 봄날이 저물고 있다

한소식 만진 날

바뀌는 내 목소리, 색깔, 들리는 한소식, 떨리는 목젖, 속소리, 마침내 천둥의 하늘로 울려주시네 좌악 내리는 소나기의 손에 좌악 담기는 한소식 손! 그때 왜 슬픔이 몸으로 함께 쏟아져 내렸던 것일까 한소식은 슬프게 온다 비에 젖는 우리 집 느티께서 몸으로 눈짓으로 일러주는 한소식, 깨닫는 말씀으로 일러주는 저분의 한소식, 그분 몸에 나 홀로 비 맞고 기대 서 있다 말씀에 기대는 겸허를 눈치채고 있다 수척한 글씨를 짐작하고 있다 한소식 체體는 느티의 체는 수척하다 시수詩瘦다 한소식 만진 날 '육肉달月'이 몸으로 뜨고 여자들의 바다가 때 묻은 기름바다 그 대천 바다로 뒤채길 때 저도 기름 젖어 함빡 젖고 나서야 속 하늘 날아가는 저어새의 임계속도를 보고 말았다 비 내리기 직전直前 느티께서 보여주셨다

설거지

요즈음 우리 집 설거지를 내가 맡아 하면서 그것도 석달 열흘이나 지나서야 내가 터득해가고 있는 게 있다 그릇은 씻어져야만 그릇이다 그릇은 깨어져야만 그릇이다 위대한 나의 동사動詞여, 나를 설거지하고 있다

섶다리 위에서

11월이 오는 저녁의 옆자리를 그대로 비워둘 수가 없다
네게로 건너가는 강가, 영월 섶다리 위에서 잠시 그득해진
다 손댈 수 없다

매화시우梅花詩雨

—김현 시인께*

바닷가 시골 다방 공중전화에 매달려 응답 없는 수평선에 그렇게 전화를 걸고 섰더니 바다를 건너오고 있으셨던 모양이다 수평선의 눈에 밟히고 있으셨던 모양이다 보이는가, 보이는가 연방 묻고 섰던 모양이다 매화시우梅花詩雨 문신文身을 입고 초록돌 한 점 감읍感泣 당도하시었다

* 김현 시인이 귀한 중국 돌 한 점을 주셨다. 2013. 6. 6.

송찬호 시인

대추 몇 알씩 꺼내 맛보는 재미 아시는지 송찬호 시인이 가을을 꾸려 보낸 택배 상자箱子, 보은 명산名産 대추가 다글다글하다 무에든지 명산이 되고 볼 일이다 송찬호 시인의 시는 시도 언제나 명산이다 다글다글하다

꽃가뭄

우리 집 요즘 꽃가뭄이 말씀이 아니시다 봄꽃들 다 지고 난 뒤뜰, 채울 꽃들 없으셔 감나무 새싹들 찰찰 초록 기름 내어 바르시고 수국 오직 세 그루 일시에 하얗게 저를 지워 저를 채우고 계시다 인심 쓰셨다 출품出品하셨다 전시 중이시다 하얗게 낭자하시다 물꼬 트셨다 못자리 논 개구리들 또한 낭자하시다 초저녁부터 거들고 계시다

네가 비워놓은 자리

네가 비워놓은 자리 길 잃고 거꾸로 돌아서 가봤더니 가까운 곳 바로 거기에 침몰하기 전 출항의 뱃전에 철석이던 바다가 보였으며 길 잃고 거꾸로 돌아서 가봤더니 가까운 곳 바로 거기에 네 눈이 마지막 놓고 떠난 새벽하늘이 흰 갈매기로 홀로 날고 있었다

참음, 교활한

왜 참았을까 참고 참다가 사랑을 참아둔 여자에게 심장이 아픈 여자에게 병문안 전화를 걸고 나니 그렇게 시원했다 자유의 돌기가 온몸에 오소소 솟았다 큰 빚을 갚은 기분이어서 죄를 탕감한 느낌이어서 오늘 하루가 개운하게 저무는 저녁노을을 아주 좋은 색깔로 내가 칠했다 도대체 왜 그렇게 참았을까 참을 인忍 자 셋이면 살인도 면한다는 실천이었을까 나는 결코 윤리적이지 못하다 그런 참음이 아니었다 참음이란 유보留保다 이런 미결이 이런 미수가 나는 왜 이렇게 좋을까 직전直前의 위기까지 가야만 왜 직성直星이 풀릴까 나를 부풀게 할까 단언하자면 내 참음의 질은 범죄의 참음, 교활한 도망침, 나는 그 맛을 즐겨왔다 꽃 피는 것들의 곁에서 둥근 우주로 부풀고 있는 것도 그러하다 죄를 짓고 섰다

물리지 않는 정자나무집 보리굴비

왜 보리굴비인지는 확인하지 않기로 했다 이미 그냥 보리굴비로 알고 아무런 의심도 없이 물리지 않고 삼 년 내내 정자나무집 내 점심 고정메뉴로 되어 있기 때문이다 이런 걸 육화의 실례로 든다면 적절할 것이다 다만 보리굴비엔 잘 마른 보리의 햇볕이 묻어 있으며 보리의 색깔이 있다 그렇게 그냥 만나왔다 제조 과정과 어떤 연관이 있지 않나 사실적인 정답을 내려들지 않았던 것이 보리굴비에 물리지 않았던 내 그간의 식욕이었다 미각이었다 이런 식으로 내가 물리지 않을 수 있는 안정과 평화와 사랑의 식단을 그대에게 진상進上해왔다고는 결코 믿어지지 않는다 내가 그대에게 물리지 않고 있는 이유, 내가 그대의 보리굴비를 평생平生 생산해왔다고는 말할 수 없다 어떻게 구제역도 쓰나미도 그것들의 작은 꼬투리도 없이 우리가 여기까지 와 있겠는가 실은 그것들이 쓸고 간 적이 여러 차례 있었다 없었던 게 아니다 우리는 다만 기피의 달인達人일 뿐이다 극복이란 이름으로 사랑이란 무서운 중하에 눌려 이제까지 오체투지五體投地, 다만 납짝 깔려 있었다고 해야 옳다 통달한 기피의 방법, 납작으로

견고한 겨냥

한 그루씩 심으며 건너온 일흔여섯 해 일흔여섯 그루의 소나무가 일 년 차로 허공의 높이를 재고 있다 향긋한 차가움으로 채우고 있다 지난밤 꿈속에 느닷없이 나타난 거대 공룡 손자의 그림책 속 티라노사우루스 한 마리가 꿈을 꽉 채우더니 일흔여섯 그루의 그 소나무들을 쓰러뜨리며 가장 당당하게 내 생의 한복판을 쓸고 지나갔다 나는 싸그리 지워졌다 오늘 밤 꿈부터는 내가 없다 어떻게 하지, 오늘부터 나는 없다 나의 모든 관계는 없다 나의 과거와 현재와 미래의 모든 관계는 없다 나의 모든 빛의 굴절들은 없다 형상들은 없다 나의 공간들은 없다 내 공간들의 끈들과 막들과 그들이 연주하던 공터는, 채우던 그들의 소리들은 없다 이 시의 순서로는 이게 맞아떨어지는 상황이다 없다 없다가 있다 그러고 보니 나는 있다로만 여기까지 저기서 왔다 이젠 왔다도 갔다로만 있다 다른 순서로 이 상황을 열고 나갈 수는 없을까 나가면 무슨 상황이 기다리고 있을까 이때다 사자 한 마리다, 암사자 한 마리다 어느 날 내가 꿈속에서 같이 놀았던 암사자 한 마리가 기다리고 있었다 그가 그의 강력보다 더 큰 강력으로 달려나간 티라노사우루스를, 그의 방

향을 겨냥했다 정확한 사냥의 순간을 압축하고 있었다 달려
나갈 그의 순간이 무슨 낌새에 따라 그의 눈동자 안에서 반
짝거렸다 금강이었다 웅크리고 앉아 가지런히 모은 발과 높
게 쳐든 목덜미에 무성한 갈기의 끝까지 온몸으로 팽팽해
져 있었다 불타는 냄새로 퍼져나갔다 시간이 나는 무죄라
고 그 속에 나를 가뒀다 견고한 감옥이여, 여러 날째 기다렸
다 아직도 기다리고 있다 시간이 나는 무죄라고 낡아가는
나의 기다림을 더욱 가두었다 아직도 달려나가지 않고 있는
그 암사자의 순간에, 더욱 싱싱해지고만 있는 그의 겨냥에
복종하고 있는 나를 그의 앞발로 단번에 때려눕히지도 않고
있다 아직도 나를 살려놓고만 있다 나를 낡아가게만 하고
있다 견고한 겨냥을 가르치고 있다

손가락질

우리 큰형님 용산중학교 동창생 그 친구 나를 한 번도 바로 바라보지 못하던 그 손가락질 친구 마침내 세상 뜨셨다는 부음을 받았다 거기서는 어디를 손가락질하고 있을까 용산중학교 교복 오른팔 소매 속에서 평생 시리고 저리게 감춰져 있었던 그 손가락질 하나 그 역사가 마침내 묻혔다 장렬했으리 그 손가락질로 의용군 붙잡혀간 내 큰형님 숨어 있던 외갓집 마루 밑 역사도 묻혔으리 장렬했으리 실종 신고된 내 큰형님, 많은 이 세상 큰형님들의 손가락질 역사가 거기 함께 묻혔으리 장렬했으리 거기서는 어디를 손가락질하고 있을까

최승자에게

최승자가 나에 대한 시를 쓴 것을 읽었다 나를 시 귀신이라고 썼다 그렇게 시어를 굴신자재 운용한다는 뜻이겠지만 나에 대한 그 말엔 그 말뜻만이 아닌 나와의 그의 과정이 그늘로 깔려 있다 그 그늘은 독특하다 내가 그 그늘을 먼저 시로 썼다 내가 당뇨를 앓기 시작할 때였다 승자는 몸이 많이 여기저기 시원치 않아 식이요법에 전문인이 되어 있을 때였다 점성술에 또 빠져 있기도 했다 나의 당뇨를 알고 그의 식이요법을 이것저것 가르쳐주었다 특히 민들레 요법이 효험을 보았다 민들레를 뿌리째 채취해서 삶아 달여 먹었다 그중에서도 하얀 민들레가 즉효였다 그 흰 민들레를 달여 먹은 날은 꿈에 흰 꽃이 지천으로 핀 생가 뒷동산에서 승자하고 놀았고 당뇨 수치가 놀랍게 내려갔다 나는 벌써 당뇨 10년이 넘었고 덕택에 아직 합병증이 없다 시력 50년이 넘는 시 귀신이 되었고 승자는 점점 몸이 쇠해져서 소식이 끊겼다 연전에 나를 시 귀신으로 부르던 시집 한 권을 내놓고 강화도로 잠적했다더니 수소문해도 주소를 알 수가 없다 최정례 시인이나 고려대학교 이남호 교수가 혹 그와 광케이블을 통하고 있을는지

법

어느 자리나 앉혀도 무게가 나가는 말이 법이란 말이다 어느 자리나 앉아도 말이 되게 하는 말이 법이란 말이다 생각나는 대로 가서 붙어보시라 철썩철석이다 자력이 이만저만이다 새끼 날 때 가위질하는 법, 죽이고 살리고 자르고 붙이는 게 탯줄 가위질이니 법 중의 법이다 생명법이다 참깨밭에 가봐라 참깨들이 꽃봉오리 가득 씨알들 담아 햇살 끌어들여 햇살로 볶아내리는 법, 우주의 화력 살려내는 일이시니 운행이시여, 법 중의 법 아니랴 울산 앞바다에 솟아오른 고래 정수리 작살 푸른 속도로 쏘아 던지는 법, 바다를 운행하시던 몸 멈추게 하는 속도를 생각하면 알 만하시지 않은가 살의 속도여, 하다못해 대머리에 머리 심는 법, 뻐꾸기 울음 해 지는 고개 보리밭 푸른 이삭들 모조리 훑어서 함께 짊어지고 넘어가는 도망 법, 확인하지 않아도 가서 들러붙는다 끈끈하다 위대한 아교질이다 법! 여행 가방도 법이다 여행 가방법 떠날 때 싸는 법과 돌아올 때 싸는 법 담김과 비움이 다른 형상법, 영그는 하나의 사과 속에서 신들의 거룩한 성소를 들키게 하는 법, 훔치는 법, 도대체 사과의 살과 색깔과 향기가 형상으로 엉기어 모습 짓는 우주의 음악

소리가 보이고 들린다는 게 사람들이 말로 말하고 쓴다는 게 말아진다는 게 있을 수 있는 일인가 꽃들의 이름을 열매들의 이름을 풀들의 이름을 기억하는 법, 사람의 이름이 생각나지 않아서 안타까운 적은 그렇게 없었으나 꽃들의 이름이나 나무들의 풀들의 이름이 생각나지 않아 몸살이 났었다 죄송스러웠다 그리움이란 말은 사람의 것이 아니었다 꽃이나 나무들이 더 우주적이었다 그들의 이슬이 더욱 영롱했다 더욱 성스러웠다 같은 나무 이름이라도 목백일홍, 자미화 그렇게 부르면 금방 떠오르는데 배롱나무를 자주 잊는다 나로서는 우주적이기 때문이다 나는 용량이 적기 때문이다 사람들이 이름으로 제법 갖추어 지니고 있는 주민등록부가 범죄기록부만 같다 민망스럽다 꽃들의 나무들의 풀들의 열매들의 이름을 기억하는 법 그러면 향기롭다 이우환은 예외다 요새는 사람인 이우환의 예술이 향기롭다 그 양의兩義의 예술을 가장 겸허하게 통과하고 있는 사람은 나밖에 없다고 믿는다 누가 그를 더 잘 들키게 하는 법을 가르쳐주길 매일 기다린나 이우환의 돌을 잘 들어 올리는 법, 이우환 그러면 사람도 향기롭다

DMZ 삼대

소리치지 마라 시인이여! DMZ를 기억하라고 나의 병력을 뒤적거릴 필요도 없다 내 군번은 0029760이다 1960년대 초입이 나의 시력이며 그리로 통하는 동행이 DMZ철조망 병력이다 나의 시력 초입은 연병장이다 '병사의 새벽이 아니더라도 당신은 우리네 가슴속에 한 번쯤 울렸어야 할 쟁쟁한 새벽의 음성音聲', 나팔 소리가 울린다 훈련병은 졸병이 되어 향로봉까지 올라가 DMZ를 바라보며 M1 소총을 잡은 손이 얼었다 지난겨울은 입대한 손자 면회를 다녀왔다 철원 문혜리에 흰 눈이 펄펄 내리고 있었다 고라니와 멧돼지가 건너다니는 북한 건천리가 하얗게 건너다 보였다 나의 DMZ는 삼대째다 나의 DMZ는 나의 몸시詩다 내가 맞던 그날의 눈을 맞으며 한밤의 철조망을 완전무장으로 나의 어린 손자가 돌아왔다 어느새 푸른 청년의 그날의 내가 되어 돌아왔다 할아버지 DMZ와 손자 DMZ가 함께 문혜리의 눈길을 걸었다 그가 좋아하던 통닭을 먹여주는 동안 그의 군복에서 지금도 1960년대 박봉우 시인의 시 「휴전선에서」가 흘러나왔다 갇혀 있는 막혀 있는 짙게 늙은 자유의 냄새가 거기 얼어 있었다 자유가 왜 이렇게 철조망에 익숙할까 자

유를 한번 그려보라고 하면 이 나라 아이들은 어김없이 배
경으로 철조망을 그려놓을 것 같다 그렇게 늙은 이 땅의 슬
픈 자유여, 지난겨울엔 DMZ에 지원 근무하고 있는 손자를
면회 다녀왔다 가서 함께 눈을 펄펄 맞고 왔다 늙은 DMZ,
아직 이 땅에서 고라니와 멧돼지와 산비둘기만이 자유의 냄
새가 났다

조지훈趙芝薰

—지금 세상의 이마는 뜨겁고 뜨겁습니다

내가 의탁하고 있는 선대先代들이 여럿 계시지만 새벽마다 새벽으로 뵙고 있는 선생의 새벽 기침 소리를 예 와서도 듣는다. 생가生家에 와서도 듣는다. 나는 지금 고향에 내려와 다시 태어나고 있는 중이다. 선생의 기침 소리로 새벽마다 새로 깨어나고 있는 중이다. 어젯밤 당신이 거居하시던 월정사月精寺 시음송회詩音誦會에 가서는 당신의 「승무僧舞」를 말씀의 춤으로 추었다. 대취大醉하신 당신을 부축코 쉬엄쉬엄 성북동 침우당枕雨堂으로 넘어가던 그날의 고갯길에서처럼 달은 휘영청 밝지 아니하였어도 당신은 그날이듯 내 손을 잡고 춤을 함께 추셨다. '복사꽃 고운 뺨에 아롱질 듯 두 방울이야 세사에 시달려도 번뇌煩惱는 별빛이라' 그 한 대목을 그만 울먹여 울먹여 더듬어 더듬어 성성적적惺惺寂寂 월정사 밤하늘에 심었다. 당신 계신 곳 그 나라까지 마침내 당도할 수가 있었다. 오, 그립던 이여, 당신이 내어주시던 크고 따뜻한 손, 손을 잡고 올라선 언덕 위엔 꽃들이 만발해 있었다. 진달래 개나리가 만발이었다. 그곳은 봄이었다. 온통 봄이었다. 당신은 흰 옷 입으신 당신은 봄을 가꾸고 계셨다. 그 봄을 주세요. 순수純粹의 봄을 주세요. 지금 이곳 세상은

또다시 독감毒感입니다. 곳곳이 창궐猖獗하는 독감입니다. 당신이 걱정하시던 자유를 민주를 아직도 앓고 있는 세상의 이마는 지금 뜨겁고 뜨겁습니다. 오, 그립고 그리운 이여, 그 봄을 주세요. 당신의 봄을 주세요. 이 아침에 세상 모든 이들이 당신의 지조론志操論을 다시 꺼내어 읽고 있다. 실로 어두운 시대에 실로 거짓된 시대에 실로 때 묻은 남루襤褸의 시대에 홀로 외로운 등불 하나 밝혀 들고 밤을 가고 있는 이, 깨끗한 손을 지니신 분 당신은 살아 계시다. 분명코 살아 계시다. 당신 가신 지 마흔다섯 해, 마흔여덟의 아직 젊었달 수밖에 없었던 나이, 아프게 아프게 사람이 그리운 세상의 길목에 서서 당신께 드리는 가난한 말씀의 꽃다발을 엮는다. 말씀의 춤을 춘다.

설렁탕

선농탕先農湯이라는 말이 어원이라는데 임금님이 봄이 와서 첫 쟁기질을 해 보이시는 날 구름처럼 모여들던 백성들에게 끓여주던 고깃국, 그게 선농탕이라는데 그 말씀엔 오랜 시간이 묻어 있다 그 말씀 소리 나는 대로 불리운 설렁탕이라는 말씀에 더 정이 간다 더 맛이 있다 몸이 있는 말이다 우리 음식의 이름들에는 몸이 있다 이문里門 설렁탕집에서 소주 한 잔 곁들여 소금 넣고 숭숭 썬은 파 넣고 깍두기 넣고 깍두기 국물도 넣고 오늘도 놋숟갈을 꽂았다 100년 설렁탕집엔 오늘도 노과老果의 입맛들이 가득하다 간, 마나, 우설 등이 섞인 수육 한 접시를 게 눈 감추듯했다 소주 한 잔 쭈욱 비웠다 비도 추적거리고 근처 인사동 헌책방 통문관에서 어렵게 구한 조지훈 첫 시집 『풀잎 斷章』 초간본을 옆에 놓고 설렁탕을 먹는다 조지훈 선생님을 생각한다 이 집엘 선생님 생전 처음 함께 왔었다 정말 맛있게 잡수셨다 특히 훌훌 국물을 바닥까지 비우시던 선생님의 모습을 잊을 수 없다 운수 좋은 날 빙허 현진건의 인력거꾼 같으셨다 이 집엘 오면 너 나 없이 서민이 된다 한 백성이다 우리나라 음식엔 배고픔과 풍요가 모두 함께 있다 서민과 귀족이 함께 있다 임금

님도 그 봄날 밭갈이 하시고서 설렁탕 한 뚝배기를 맛있게
비우셨다

장뇌삼론論

김영서 시인이 키운 장뇌삼 여섯 뿌릴 다 먹고 변비가 풀렸다 변비가 풀리니 몸이 뚫렸고 정신도 뚫렸다 막힌 시의 물꼬도 어느 정도 풀렸다 소출이 말이 아닌 내 사랑도 어느 정도 풀릴 것이라고 기대해보는 것도 무리는 아니지 않는가 효험效驗에 대해 많이 생각했다 장뇌삼 여섯 뿌리를 게걸스럽게 우적거리는 동안 전립선암을 3년째 앓고 있는 가난한 내 친구 정재를 한 번도 떠올리지 못했으니 정말 게걸스럽지 않은가 어찌해 3년을 넘어 겨우겨우 깨어나고 있는 내 뜨락의 산수유를 또한 한 번도 떠올리지 못했던 것인가 막힌 것 뚫기의 즉효卽效로 만병통치라는 말을 어찌해 떠올리지를 못하고 나만 생각했던 것인가 나에게만 효험을 가져오는 것으로 묶어놓고 있었던 것인가 욕심을 즉효로 사물화하고 있었던 것인가 생명의 즉효란 욕심일 뿐이다 생명의 욕심엔 분배가 없다 나눔이 없다 사랑이 없다 그렇게 솔직해도 좋은 것인가 그걸 묶어서 장뇌삼을 배양해냈음이 분명하다 그것도 산삼의 유사품을 만들어내고서도 당당한 것임에 틀림없다 효험에 대해 많이 생각했다

환희라는 꽃

풀릴 때가 제일 위험하다 해동 때를 대비하라 제일 위험할 때가 환희의 시절이니라 큰 돌이 무작정 구른다 도처에 푸른 멍투성이다 너를 만날 때가 네가 다녀갈 때가 제일 위험하다 위험의 향기를 아느냐 벌써 초록 먼동이 번져오기 시작한다 풀내를 맡는 방식을 나는 안다 나는 물들 줄 안다 죽음의 암내가 풍긴다 상여 소리 넘어간다 봄은 날렵하게 죽음을 입력한다 화훼사전花卉辭典에도 없는 풀꽃, 환희라는 이름의 꽃, 너의 이름을 환희라 지었다 나는 너에게 입력되었다

해설

백비白碑의 시학과 금강金剛의 언어

— 직전 시집에 대하여

오태환 / 시인

선생님, 안녕하신지요. 삼동 설한雪寒의 뒷모습이 슬며시 비쳤나 싶었는데, 벌써 봄기운이 소맷자락까지 적시는 듯합니다. 석가헌 뜰의, 선생님께서 손수 품계를 매기신 산수유 영산홍이며 들국 같은 초목들도 저마다 눈엽嫩葉을 매달고 화판花瓣을 건사할 채비로 분주하겠습니다.

이참에 발간한 시집 『무작정』의 자서에서 선생님은 "《현대시학》 25년의 내 역정을 마감"하며 "그 백비白碑로 이 시집을 대신한다."고 쓰셨습니다. 삶의 한 매듭을 덜컥 마주한 소회의 황황함과 신산스러움을, 무욕과 겸허의 메타포로 스스로 에둘러 위로하시는 듯이 읽히기도 합니다.

'백비白碑'는 대개 선비의 염치와 개결을 표상해 왔습니다. 하지만 제가, 이 '백비'라는 비장하기까지 한 언표에서 발견한 것은 선생님의 시공간을 종심으로 간섭하는 사유의 한 형식일 수 있겠습니다. 그것은 선생님의 표현법을 빌리면, 바로 '비어 있음의 충만'에 닿아 있겠지요.

선생님의 초기시 「들판의 비인 집이로다」에 보이는 빗소리의 "비애의 어깨들"과 "차가운 한 잔" 술에 비장된 황막한 실존적 외로움은, 몸시 · 알시 · 율려 연작이 내통하고 연대하는 삶과 우주의 비밀스런 낭하를 거치고, 종당에는 시집 『무작정』에 이르러 자연의 법法과 도度에 푸른 맨발로 다가서려 합니다.

비명碑銘이라는 것은 결국 치장하고 남기려는 욕망의 표현입니다. '백비'는 치장하고 남기려는 욕망을 뛰어넘는 어떤 정신의 가열한 순도純度를 지향합니다. '비어 있기 때문에 충만할 수 있다'는 명제의 냉랭한 물증일 수 있습니다. 그리고 그것은 노자의 '무위無爲'를 인용하지 않을망정, 계절의 변전에 따라 부르지 않아도 비와 눈이 오고, 시키지 않아도 꽃이 피고 지는 자연의 이치에 육박합니다. 올해로 50 성상星霜, 선생님의 시업에 대한 투신을 '백비의 시학'으로 간추릴 수 있다면, 『무작정』에서 마주치는 접화군생接化群生의 우레 같은 윤리학은 필연일 수밖에 없습니다.

얼음담금질이여, 새벽 겨울 방죽으로 갔다 꽁꽁 얼어 있었다 만당滿塘으로 연꽃 그토록 채우더니 소름 꼭지까지 가득가득 식어 있는 물의 금강金剛이여, 어제는 눈 내린 겨울 숲속으로 갔었다 솔잎 바늘로 저를 촘촘하게 누벼 빳빳이 자알 식어 있었다 저를 채곡채곡 쟁이고 있는 냉기, 싸아한 금강金剛이여, 태胎를 끊던 그 순간도 금강金剛으로 그렇게 식지 않았던가 벼락이여, 첫 번째 이별이여

—「이별」 전문

이 시는 연꽃을 매개로 하는 유미적 가치의 배후에 대한 탐험을 모티브로 삼고 있습니다. 화자는 아름다움의 이면에 도사린 엄중한 내핍과 화려한 견인堅忍을 목격합니다. 화자에게 그 감동은 "벼락"처럼 황홀한 충격파와 다르지 않습니다. 동시에 그것은 생애의 첫 이별이라는 벼랑 끝에서 만날 수 있는 절박한 깨달음의 자세를 환기합니다.

선생님의 뜻과 무관할지라도, 제가 한편 여기에 추리한 것은 시와 언어를 향한 선생님의 냉엄

한 기개와 관련지을 수 있습니다. 7월 연꽃의 "만당滿塘"한 개화를 시로 본다면 한겨울 못의 결빙은 언어의 부단한 조탁을 의미하겠지요. 그 과정이 "얼음담금질"로 형상화되고 있습니다. 겨우내 "얼음담금질"을 거친 견고한 결빙이 한 편의 시로 거듭나는 찰나는, 그것이 '금강金剛'이라는 이름으로 거듭나는 순간이기도 합니다.

선생님의 시는 현금에 이르기까지 그 기氣와 운韻의 여름숲처럼 도도한 생동生動을 놓지 않고 있습니다. 발묵潑墨은 여전히 종잇장을 뚫을 듯하고, 설채設彩는 여전히 늠름한 향기를 지키고 있습니다. 저는 까닭의 많은 부분을 '금강金剛'의 언어를 꿈꾸는 선생님의 치열한 "얼음담금질"에서 찾습니다.

선생님께서 발굴하신 언어 가운데 '생가生家' '가담加擔' '명적鳴鏑' '비백飛白' '본색本色' '내색內色' 등은 선생님다운 언어의 각법刻法을 체현하고 있습니다. 결코 낯설지 않은 낱말일지언정 이들은 선생님 시의 얼개와 질서 안에서 애초의 뜻 너머로 의미주파수를 확장합니다. 그리고 그 획들의 섬세한 윤곽과 소리맵시의 그늘들이 어울리면서 언어미학의 새 경험을 선사합니다. 모국어의 공간에서 한갓 진부하게 여겨질 수 있는 한자어가 예술의 질료로 오연히 성공하는 흔치 않은 사례입니다. 이는 선생님 시작법의 매우 두드러진 특징으로 자리매김합니다.

앞에서 말씀드렸듯이 올해는 선생님이 데뷔하신 지 쉰 해가 됩니다. 또 시집 『무작정』 말고도 '율려정사律呂精舍'라는 언어의 집도 새로 마련하셨습니다. 축하드립니다. 앞으로도 선생님의 시업이 석가헌에 드리운 늘 젊은 느티의 그늘처럼 그 자리에서 늘 젊은 시와 언어의 빛나는 파라곤이 되리라 믿습니다.

흰 바탕에 그리는 천 개의 그림자

전형철 / 시인

1. '예감'의 순간

역사는 균질적이라고 믿어지지만, 실상 따지고 보면 여러 변곡점에 의해 기억되는 이미지에 불과한지도 모른다. 이미지, 또는 인상印象이란 역사를 추체험적으로 그려내 세계를 재구성하고, 세계를 만들어내는 방식이라고 할 수 있다. 때문에 역사는 선형적일 수 없다. 이는 시인에게도 마찬가지이다. 시인의 한 예술적 생生이 균등한 높낮이를 가지고 진행되거나 예측 가능한 방식으로 흘러가지 않는다. 거기에도 분명한 계기가 있고 그에 대한 시인의 다각적 경험이 예술적 환금성에 의해

규정될 때 다시 '사건事件'으로 재명명되게 마련이다. 그리고 사건은 시인의 시 전반에 걸쳐 다시 새로운 추동력으로 작용해 판 전체를 흔들어버리기도 한다. 물론, 그 충격 자체의 경중은 존재할 터이지만, 과정은 매번 파국에 이른다는 자기결단을 필요로 한다.

순간은 어디로부터 오고 주제 자신에게 어떻게 판단되고, 결과로 도출되는가는 온전히 시인 자신의 몫이다. 그리고 그것은 외부든 내부이든, 감각의 중심에서 회오리치게 마련이다. 이 회오리를 갈무리하는 방식이 시인의 시세계의 격절을 이루고 하나의 쇄신을 담보하게 되는 것이다.

시력詩歷 반세기의 시인의 시를 살피면서, 문득 하나의 충격파를 떠올리게 된다. 이 묵직함과 진정성은 익히 우리 시단에서 쉽게 보기 어려운 낯선 것이기 때문이다. 감각적으로 자신의 예술적 태도를 의사擬似하고 희박함의 절정에서 몸부림치는 외침과는 다른 결심과 발원이 시 편편에 담겨 있기 때문이다. 그리고 그것은 어쩌면 지금은 내가 다가갈 수 없는 영역에 대한 애틋한 '예감'을 내새하고 있다. '한정적인 생을 어떻게 다루어야 하는가' 라는 생각 앞에 시인은 "이승과 저승을 가

볍게 내왕"한다고 말하고 있다. 수선을 부리지 않고 그렇다고 죽음을 완강히 부인하지도 않으면서 "저 곳에 대한 응답"마저도 담담하게 수신하는 자의 모습을, 그리고 그것을 끝내는 하나의 시작법으로 부려내는 모습을 시인은 겸허한 '예감'으로 방증하고 있는 것이다.

2. 흰 바탕, 비로소 시를 말할 만하다

정진규 시인의 새로운 보법을 살피기 위해 먼저 짚고 넘어가야 할 것은 회사후소繪事後素이다. 『논어』 팔일(八佾) 편에는 미인의 모습을 그린 시경의 대목에 대한 제자인 자하子夏와의 문답이 나온다. "'곱게 웃는 모습에 보조개 예쁘고 아름다운 눈동자 흑백이 분명하네, 흰 바탕에 고운 무늬를 들인 듯하네'라는 구절이 있는데 무엇을 말하는 것입니까?"라는 자하의 물음에 대해 "그림 그리는 일은 흰 바탕이 있은 뒤에 할 일이다."라는 공자의 대답이 바로 회사후소인 것이다. 흥미로운 것은 자하의 "예는 그 후"라는 답에 공자가 자하에게

"나를 일으키는 자는 그대로다. 비로소 너와 함께 시를 말할 만하다."라고 답한 점이다. 물론 원문을 이론적 측면에서 접근하자면 예禮와 인仁의 선후와 강조점에 대한 분석이라고 볼 수 있지만, 이를 예술적, 시적 입장에서 보자면 하나의 원형적 초발심初發心으로의 귀환을 의미한다고 볼 수 있다. 본질을 차치하고 형식에 치우치게 된다면 그것은 진정한 시라고 볼 수 없다는 원론적인 인식이 작동하고 있는 것이다. 반세기의 시업을 통해 시인이 다다른 깨달음 또한 이와 그 궤를 같이하고 있다. 시에 대한 근원, '시다운 시'의 그 태극과 조화에 대한 성찰이 시인의 새로운 믿음이 된 것이다.

왼쪽 눈이 고장 나기 시작하더니 오른쪽 눈이 턱없이 밝아지기 시작했다 관음觀音 안경을 갈아 끼웠다 새로운 보행을 시작한 징조다 내 두 손은 민첩해졌다 그림자놀이를 시작했다 그림자놀이 천수千手를 두 개의 벽에 비추기 시작했다 두 개의 벽을 설치해놓았다 동영상이다 장차 천 개의 손들이 기대된다 이승의 벽과 저승의 벽을 내왕하기 시작했다 오른쪽 눈이 이승과 저승을 열었다 비로소 회사후소繪事後素다 우주 한 분이 하얗게 걸리셨어요

—「그림자놀이 1」 전문

연작시 첫 작품에 해당하는 이 시는 시인의 새로운 귀환에 대한 충실한 안내서로 읽힌다. 시인에게는 하나의 사건이 있었다. 왼쪽 눈이 잘 보이지 않자 오른쪽 눈이 더 밝아졌다는 점이다. 이는 한 눈이 밝아졌다고 다른 눈이 좋아졌다는 일차적 의미라기보다는 한 눈의 의존도가 높아지면서 새로운 것들 또는 기시하던 것들을 정성스레 보게 되었다는 뜻으로 읽힌다. 어쩌면 사소할 수 있는 감각의 변화를 통해 시인은 그것을 사건으로 인지하고 "새로운 보행을 시작한 징조"라 말한다. 신체의 불편함에 무너지지 않고 자연스럽게 사건을 받아들임으로써 시인의 한 눈은 이제 이쪽이 아닌 다른 한쪽으로 트이게 된다. 때문에 시인은 "두 개의 벽을 설치"할 수 있었고, 이승과 저승에 대한 탈경의 놀이를 할 수 있게 된 것이다.

시인에게 이것은 시적인 것 이전의 시에 대한 운명적 귀환으로 다가온다. 회사후소의 정신 아래 시인은 실체가 하얀 그래서 하나이며 모두인 우주, 그 무엇도 아니면서도 모든 무엇인 우주의 본체를 보게 된 것이다. 그리고 천상 시인인 그는 천 개의 손을 가진 보살처럼 실체에 대한 만남을 수행하게 된다. 그럼에도 시인이 그것을 "놀이"

라고 표현한 것은 대상을 결박하고 제멋대로 뭉개버리는 위악적 태도를 지양하는, 시인의 말을 빌리자면 "화자 우월성을 극복하고자 하는" 화두에 의거한 것이다. 집착하지 않고 우주의 운행을 바라보는 자에게 시는 하나의 움직이는 놀이가 되는 것이다. 목적성을 지닌 노동이 아니라 행위 자체에서 의미를 찾는 놀이. 그리고 감히 실체라 하지 않고 "그림자"라 말하는 시인은 비로소 시를 말할 만하다고 낮은 자세로 겸사하고 있는 것이다.

> 시, 무슨 뜻인지는 알 수 없어도 시 자체가 이야기시켜주기를 바란다 음악은 가능하지 않은가 음악을 이해는 못해도 듣고 있으면 무엇이 들리지 않는가 들리는 음악으로 쓰인 나의 시 한 편, 가슴에 와 닿고 있다고 쓴 편지 한 통 받고 싶다 비 내리는 십일월 마지막 날 밤
>
> —「그림자놀이 5」 전문

시인은 시 쓰기 자체를 자신의 의지에 의해서가 아닌 시 자체에 의한 것이라 말한다. 이는 나와 대상의 분리적 인식이 아닌 불이不二의 정신에서 비롯된 것이다. 나라는 강력한 주체의 힘을 내려놓는 순간 시는 제 스스로 말하고, 움직이며 창조되

는 활물活物이 되는 것이다. '시가 무슨 뜻인지는 알 수 없다'는 인식은 바로 '시를 쓴다'와 '나'라는 주체의 결합이 만들어내는 부작용을 반의하며 그것을 극복하는 길은 시 자체가 하나의 음악과 같이 되는 것을 환기하고 있다. 이것은 곧 율려律呂의 사상과 닿아 있다. '음'과 '양'의 우주적 질서가 내재되어 있는 소리, 소우주인 인간의 내면에서 작용하고 있는 우주의 리듬과 균형을 회복하는 것이 바로 시가 나아가야 할 길임을 시인은 말하고 있는 것이다. 그리고 시와 그 울림의 음악이 결합되었을 때 다른 사람과의 교감이 가능함을 시인은 "가슴에 와 닿고 있다고 쓴 편지"라는 구절을 통해 구현해내고 있는 것이다. 이렇게 보자면 결국 시인이 의도한 흰 바탕은 인간의 우주적 내면과 이어지며, 시는 바로 그 자장 안에서 스스로 놀며 운동하고 있는 동체라고 할 수 있을 것이다.

3. 천수千手의 동력과 맨살의 사랑

연작시 일곱 편의 부제는 "이제 천 개의 손이 남아

있다는 예감이다"이다. 시인의 말처럼 천 개의 손은 시 그 자체일 수도 있다. 그러나 천 개의 시란 결국 천 개의 대상을 보고 매만지고 그것과 조화를 이룬다는 것을 의미한다. 그렇다면 적어도 천 개의 손은 긴장과 탄력을 잃지 않아야 가능한 것이다. 음과 양을 분절하지 않고 물결의 문양을 이루는 것은 그 어느 쪽도 '음', '양'이라 갈라 단정적으로 말해서는 안 된다는 의미이다. 음이 양이 되고 양이 음이 될 수 있다는 가능태를 담지해야 한다는 주문이 오늘의 태극문양의 핵심인 셈이다. 정진규 시인은 바로 이 지점에서 삶과 죽음의 분별마저도 하나의 움직임으로 인식하고 그로부터 타진되는 전율에 귀를 기울이고 있다.

한 곳에 잘 버려지도록 내 주검의 몸은 염殮되어 있을까 염되어 있어도 뿔뿔이 흩어져 갈 곳이 따로 있을까 부위별 분리수거되어 부산 떨며 갈 곳으로 떠나고 있을까 내 천수千手는 그걸 찾고 있다 사는 동안 실로 갑갑했다 조립되어 조여져 있었다 조여져 있는 힘, 튀어나가는 그 힘, 내장되어 있었다 죽어서도 조여져 있는 힘, 질 좋은 수의壽衣 일습一襲, 좋은 힘 생긴다는 그 윤달에 쟁여두었다가 정장으로 차려입으시고 저승길 점잖게 떠나셔서 잘 당도하셔서 잘 살고 계신 아버지, 아버지의 몸들도 실은 뿔뿔이 흩어져 지금 각자 제 나라에 당도해 계실까 염했으니까 방성이지 당도하기도 전에 흩어져 각자 흔적도 없어지는 고초를 겪지는 않으셨을까 서둘러 새벽에 일어나 둘러보는 아버지의 봉분이 아무래도 수상하다 내 시의 봉분들이여, 시도 혼자 몸으로 내 양성陽性만으로도 주렁주렁 분리수거되어 한 사과밭쯤 되었으면 싶다 죽어서도 조여져 있는 힘, 튀어나가는 힘, 내장되어 있었다 실은 내 분해의 천수, 쟁여 있었다

—「그림자놀이 2」 전문

이 시는 스스로의 주검을 통해 우주에 자재自在한 어떤 힘에 대한 전언을 하고 있는 작품이다. "주검"과 "몸"을 등가로 연결시킨 점도 흥미롭지만, 그것이 결국은 우주의 한 물질로써 "부위별 분리수거"되는 것이라는 주해 또한 시인의 통찰이 발견되는 지점이다.

인간은 '조립'되어진 존재이고 그것을 지탱하는 것은 "조여져 있는 힘"과 "튀어나가는 힘" 때문이라고 시인은 말하고 있다. 여기서 중요한 것은 조립이 아니고 힘의 내장에 있다고 보인다. 삶과 죽음의 문제가 아니라 힘에 대한 성찰이 이 시의 뼈대를 이루고 있는 셈이다. 악력과 척력, 또는 원심력과 구심력은 그 자체로 힘의 의의가 있는 것이 아니고 함께 모둠을 이뤄 균형을 이룰 때 의미가 있는 것임을 시인은 보여주고 있다. 동력 그 자

체가 아니라 동력이 이루는 조화로움, 그리고 그 힘이 내장되어 있는 것, 그리고 그 시스템 안에 소프트웨어로 기능하는 천수의 총체가 시인이 새롭게 발견의 시의 본원적이고 실제적인 모습인 것이다. 그것은 시인 자신에게도 대상에게도 우주 전체에게도 "쟁여 있"다는 사실을 우리는 염두에 두어야 할 것이다.

직후 일단 언 송장으로 있다가 땅속에 묻히게 될 것이다 맨몸 언 송장을 더 원한다 살 닿고 싶다 불은 싫다 얼음 봉분하나 요행 지어놓았다 그간 살펴보니 미이라를 원하는 것이 내 마음의 정체正體였다 그간 시베리아에 혼자서 다녀왔다 좋은 얼음 만나고 왔다

—「그림자놀이 4」 전문

사랑은 살 대패질이다 밀리는 살의 살 대팻밥 너와 나의 쌓이는 대팻밥 뼈까지 갈 작정이다 선명해지는 살결, 환해지는 뼈마디에 뭐라고 쓰고 싶다

—「그림자놀이 7」 전문

그리고 시인은 죽음을 대하는 자세에 대해 말한다. 죽음이 하나의 강력한 사건이지만 시인은 그

저 냉동실에 있을 3일과 매장을 "직후 일단 언 송장으로 있다가 땅속에 묻히게 될 것이다"라며 담담하고 건조하게 서술하고 있다. 시인에게 중요한 것은 죽음이 아니라 "살 닿고 싶"은 맨몸이기 때문이다. 맨몸이란 어떤 가식이나 꾸밈없이 자신을 보전하는 일이고 타인과의 교섭 가능성을 열어두는 일을 상징한다. 시인은 그렇게 미이라가 되는 것이 "내 마음의 정체"라고 솔직하게 고백하고 있다. 소멸의 불이 아니라 기다림과 보존의 "좋은 얼음"이 그가 생각한 사랑, 곧 대상애對象愛인지도 모른다.

이는 「그림자놀이 7」에서 보다 명확하게 불거진다. "사랑은 살 대패질이다"는 잠언적 명제는 시인이 생각하는 관계와 사랑 , 천 개의 손의 본질일 것이다. 껍질을 벗기고 존재의 맨얼굴을 비빌 때, 깎아지면서 하얗게 "선명해지는 살결"과 "환해지는 뼈마디"야말로 진정한 사랑에 대한 자세이자 준비물이며 "시다운 시" 의 바탕이 되는 것이다.

4. 혼자서 열리는 것들

극단과 파국은 체험한 자만이 경험 너머의 세계를 볼 수 있는 법이다.

오랜 세월 시의 길을 오롯하게 걸어온 시인의 시업이 이제 새로운 예감과 응답으로 첫걸음을 내딛고 있다. 정진규 시인의 새로운 시편들이 정위定位한 자리는 '흰 바탕'의 무변측후의 광활한 우주의 세계이며 '그림자놀이'는 우주의 동력이란 정체에 대한 응답으로 거듭될 것이다.

시인은 닫힌 문을 여는 것은 자기가 아니고 '혼자서 저절로 열리는 문'(「그림자놀이 6」)이고 '혼자서 펼쳐지는 훈민정음해례본' 그 자체라고 우리에게 나직한 미소로 말하고 있다. 눈 내린 후의 송백의 푸름을 생각하는 세한歲寒의 마음으로 시인의 '그림자놀이' 천 번째 시를 기다린다.

문예중앙시선 38
우주 한 분이 하얗게 걸리셨어요

초판 1쇄 발행 | 2015년 3월 30일

지은이 | 정진규
발행인 | 노재현
편집장 | 박성근
디자인 | 권오경
마케팅 | 김동현, 김용호, 이진규

발행처 | 중앙북스(주)
등록 | 2007년 2월 13일 (제2-4561호)
주소 | (100-814) 서울시 중구 서소문로 100(서소문동, J빌딩 3층)
구입문의 | 1588-0950
홈페이지 | www.joongangbooks.co.kr / www.facebook.com/hellojbooks

ISBN 978-89-278-0626-4 03810

이 책은 중앙북스(주)가 저작권자와의 계약에 따라 발행한 것으로서 저작권법으로 보호받는 저작물이므로 무단 전재와 무단 복제를 금지하며, 이 책 내용의 일부 또는 전부를 이용하려면 반드시 저작권자와 중앙북스(주)의 서면 동의를 받아야 합니다.

* 잘못된 책은 구입처에서 바꾸어드립니다.
* 책값은 뒤표지에 있습니다.